INVENTAIRE
D
62968

DÉPOT LÉGAL
Gironde
No 537
BIBLIOTHÈQUE FRANCISCAINE

I0686189

LA PAUVRETÉ

PRATIQUÉE

même dans le monde dans tous les détails de la vie

Opuscule dédié

AUX RICHES COMME AUX PAUVRES

DU XIXᵉ SIÈCLE

par

Le P. SIMON, de BUSSIÈRES,

Franciscain de l'Observance.

— ⁓ —

2ᵉ édition

BORDEAUX

L. CODERO,
Libraire,
Georges, 28.

Chez M. BRION, gérant
de la *Revue Franciscaine*,
rue St-François, 41.

1873

TROISIÈME TRAITÉ

DES

VERTUS FONDAMENTALES

EN PRATIQUE

—

LA PAUVRETÉ

—

D

62968

APPROBATION

DU

T.-R. P. PROVINCIAL

———

Nous approuvons l'opuscule intitulé : *La Pauvreté pratiquée*, etc..., par le P. SIMON DE BUSSIÈRES, Religieux de notre Province. Nous le recommandons à toutes les âmes qui ont goûté le mystère de Bethléem et compris le premier enseignement du Divin Maître : *Bienheureux les Pauvres*.

De notre Couvent de Bourges, le 16 Juillet 1873.

FR. RAPHAEL,
Provincial des Franciscains.

L. ✠ S.

IMPRIMATUR

Nous approuvons de très - grand cœur
l'ouvrage du R. P. SIMON DE BUSSIÈRES,
intitulé : *La Pauvreté pratiquée*, etc. Nous le
recommandons aux fidèles de toutes les condi-
tions, et particulièrement aux Religieuses.

Pour S. Ém. le CARD.-ARCH. de Bordeaux :

MARTIAL,
Vicaire général.

Bordeaux, 8 Septembre 1873.

J. M. J. F.

LA PAUVRETÉ

PRATIQUÉE

même dans le monde, dans tous
les détails de la vie

Le Religieux qui, pour suivre Jésus
crucifié, a renoncé aux espérances
du siècle et méprisé les délices de ce
monde, a une Règle qui lui trace l'étendue de ses obligations et lui enseigne
dans quel cas et de quelle manière il peut
et doit imiter la Pauvreté du Fils de Dieu,
pour satisfaire aux obligations de son
vœu. Si cette sublime *Pauvreté* qu'il s'im-
pose a pour lui des charmes, si les douces
privations qu'elle lui présente lui sou-
rient et l'attirent, il n'a qu'à se laisser

conduire et porter ; la Règle est un maître prévoyant qui ne le perd jamais de vue.

Mais les personnes qui demeurent dans le siècle, qui n'ont fait aucun vœu et qui sont livrées à elles-mêmes trouvent des difficultés telles que la vertu de pauvreté leur paraît difficile, pour ne pas dire impossible :

1° Et pourtant, même dans les embarras du siècle, Dieu a des pauvres et des élus, qui veulent imiter la Pauvreté du Sauveur et des Saints. Oui, dans le monde il y a des personnes qui sont avides de pauvreté, de dépouillement. Elles en éprouvent le besoin, il leur semble qu'elles marcheraient plus rapidement dans les voies intérieures, que leur âme volerait plus légère vers le Ciel, si elles pouvaient, au moins dans un certain degré, se délivrer du fardeau de la terre et d'une multitude d'intérêts qui, en attirant l'attention, distraient l'esprit et préoccupent le cœur ;

2° Une autre classe de personnes se présente aussi à nous. Aujourd'hui, sur tous les points de la France, le *Tiers-Ordre de Saint-François* [1], qui a pour but de porter dans les familles, d'entretenir dans le monde l'esprit vraiment chrétien, l'esprit de JÉSUS-CHRIST, a pénétré dans toutes les classes de la société. Mais il est un point de la *Règle* qui embarrasse assez généralement et que l'on saisit difficilement : c'est la *modestie*, la *simplicité*, c'est l'esprit de *pauvreté* dont il est parlé (Chap. III.) [2]

Comment concilier, dit-on, les exigences de la vie, les devoirs de position avec la pratique de cette vertu ? De là, les Tertiaires persuadés qu'ils ne peuvent observer leur Règle, se troublent et beaucoup s'inquiètent, et pour ce même

---

[1] Pour avoir des renseignements sur le *Tiers-Ordre*, s'adresser au T.-R. P. Provincial des Franciscains, rue de Pessac, 194, à Bordeaux.

[2] Saint François, ce grand cœur, qui fut si passionné pour la Sainte Pauvreté et qui voyait en elle des liens si puissants pour enlacer le monde entier dans l'amour de JÉSUS, ne pouvait manquer de conseiller *celle* qu'il nommait sa *Dame* et sa *Reine*, même à ses enfants appelés à vivre dans le monde, aux Tertiaires.

motif, n'embrassent pas le Tiers-Ordre et se privent ainsi de nombreuses grâces.

Ce petit opuscule est destiné à éclairer les uns et les autres. Après une simple lecture, on sera étonné de voir combien il est *facile*, **même dans le monde**, d'être pauvre; mais on devra se rendre familières les pratiques qui y sont indiquées, et c'est alors qu'on appréciera la perle précieuse qui est cachée dans la Pauvreté.

Les personnes consacrées à DIEU dans la vie religieuse trouveront aussi dans cette lecture de nombreux fruits à cueillr chaque jour et auxquels elles n'ont peut-être jamais pensé.

Nous n'avons pas la prétention de répondre à tout, ni d'épuiser la matière, nous essaierons seulement d'esquisser quelques traits. Si on a la bonne volonté, la grâce de Notre-Seigneur en dira au cœur de chacun plus que nous ne pourrions penser et dire.

Pour mettre de l'ordre et de la clarté dans les matières nous les divisons de la manière suivante :

1° *En quoi consiste la vertu de pauvreté.*

2° *Grandeur et sublimité de la Pauvreté.*

3° *La vertu de pauvreté est* possible, même dans le monde.

4° *Avantages de la Pauvreté.*

5° *Détails de la vie où l'on peut pratiquer la Pauvreté.*

—— ✳ ——

CHAPITRE PREMIER

En quoi consiste la vertu de pauvreté

LA vertu de pauvreté séparée du vœu consiste à se détacher d'*esprit* et de *cœur* de toutes les choses de ce monde.

C'est elle qui, dégageant notre cœur des sollicitudes du siècle, lui arrachant tout attrait pour les richesses, le rendant indifférent à tout ce qui passe, le met en état de se donner tout entier à DIEU et de se rendre semblable à JÉSUS naissant, vivant et mourant pauvre, n'ayant pas d'autre souci que la gloire de son Père et le salut des âmes. Saint Paul semble décrire cette vertu quand il écrit aux Corinthiens : « Je veux vous le dire, mes frères, le temps est court : que ceux donc qui se réjouissent soient comme ne se réjouissant pas, que ceux qui achètent soient comme ne possédant rien, et que ceux qui usent de ce monde soient comme n'en usant pas. » C'est-à-dire, n'attachez votre cœur à rien de ce qui passe, et même au milieu de l'abondance soyez comme au milieu de l'indigence, nus de désirs et pauvres dans l'usage des jouissances que créent les biens de la terre.

L'attrait que nous avons pour la Pauvreté nous rend cher tout ce qui en porte l'effigie et nous inspire de la répugnance pour tout ce qui la blesse.

La vertu de Pauvreté doit donc avoir pour effet :

1° De nous délivrer de toute attache à ce qui est de ce monde ;

2° De nous faire souffrir, avec résignation, toutes les pertes dans les biens dont elle nous détache.

3° De nous faire aimer les pauvres comme étant dépouillés de ces choses que nous n'aimons pas pour nous et comme étant les membres de Jésus ;

4° De nous donner un grand attrait pour les souffrances de la Pauvreté, quand on est riche, et pour la patience, la douceur, la gaieté, même dans les privations, quand on est pauvre.

L'homme qui aime la Pauvreté par vertu, doit s'estimer heureux d'être comme CELUI qui n'avait pas même une pierre pour reposer sa tête.

Voila en quoi consiste la vertu de Pauvreté.

CHAPITRE II

Grandeur et Sublimité de la Pauvreté

L A croix de JÉSUS est une folie pour la sagesse du monde ; sa Pauvreté est une dérision pour le siècle et les partisans de son pompeux éclat. Les yeux des hommes nourris dans le faste, le luxe, la mollesse, s'habituent difficilement au spectacle d'un DIEU couché sur la paille et entouré toute sa vie des amertumes de la Pauvreté. Mais ce qui est folie aux yeux des hommes est sagesse aux yeux de DIEU et ce qui paraît abject au monde est grand et sublime aux yeux de la foi. Bossuet dans son panégyrique de saint François d'Assise, après avoir montré que la Pauvreté est laissée par DIEU sur la terre pour donner à ceux qui sont riches l'occasion de s'enrichir d'un trésor de mérite pour le Ciel, s'indigne de penser qu'on ose mépriser la Pauvreté et s'adressant à ceux qui la dédaignent, il s'écrie : « Je dis,

« ô riches du siècle, que vous avez tort
« de traiter les pauvres avec un mépris
« si injurieux; ce sont eux principale-
« ment qui sont les vrais enfants de DIEU.
« Il prend pour lui les refus et les outra-
« ges qu'ils aissuient : c'est moi qui les
« vengerai, s'écrie-t-il, je ferai miséri-
« corde à qui leur fera miséricorde, je
« serai impitoyable à qui sera impitoya-
« ble pour eux. »

Puis s'élevant encore plus haut et consi-
dérant que le Fils de DIEU si riche par nature, s'est fait pauvre par amour pour
nous afin de nous enrichir, montrant
aux hommes ce roi pauvre, qui, en venant au monde, n'y trouve point d'habit plus digne de sa grandeur que celui
de la Pauvreté, ce grand esprit s'enthou-
siasme, il appelle la Pauvreté l'*Épouse du
Roi de gloire*, la Reine que se choisit le
DIEU de majesté, qui *ennoblit* tous ceux
qui la suivent. Il la regarde comme un
char de triomphe sur lequel le fils de DIEU
traine après lui le monde vaincu dans
ses idées et dans son faste et il finit par ce

cris : « O pauvres, que vous êtes heureux,
« parce qu'à vous appartient le royaume
« des cieux; vous êtes les frères, les
« confidents, les premiers ministres du
« royaume spirituel que le Sauveur est
« venu établir, ses vrais amis; s'il parle
« aux riches c'est pour foudroyer leur
« orgueil; mais à vous, ses bons amis,
« quand il vous parle c'est avec une in-
« croyable consolation d'âme et pour
« vous proclamer bienheureux. »

Qui n'aimerait la Pauvreté après un
pareil éloge? Qui n'aimerait ceux qui la
pratiquent? Qui ne voudrait en éprouver
les humiliations pour en recueillir les
gloires? Qui ne voudrait posséder cette
perle obscure et rebutée avant la venue
du Fils de DIEU, mais brillante et toute
belle depuis qu'il l'a ramassée dans la
boue et s'en est paré lui-même?

Notre Séraphique Père saint François
avait compris cette beauté et cette richesse de la Pauvreté et il s'écriait dans
le transport de son âme :

O ma chère Pauvreté, si basse que soit

ton extraction, je ne puis ne point t'estimer depuis que mon Maître t'a épousée.—
Ce cris doit sortir surtout du cœur des
enfants de ce saint Patriarche, et s'il a
été le plus ardent, le plus transporté et,
pour le dire après Bossuet, l'amateur le
plus désespéré de la Pauvreté, ils doivent
au moins marcher de loin sur ses traces
et essayer d'imiter ce qu'il a si passion-
nement aimé.

CHAPITRE III

La vertu de Pauvreté est possible même dans le monde et dans toutes les conditions

CE serait une erreur de croire qu'il soit impossible de pratiquer la vertu de Pauvreté même dans la vie séculière. Il est vrai que cette vertu est plus difficile que dans les cloîtres où rien n'excite la convoitise et où tout prêche la mortification des sens et le détachement de la terre. Mais DIEU ne peut-il pas suppléer à ce moyen par la puissance de sa grâce ? Ne peut-il pas donner à une âme assez d'énergie pour triompher des obstacles extérieurs et accomplir dans le monde des actes qui ne semblent possibles que dans la vie religieuse ?

On peut se trouver dans deux hypothèses relativement à la pratique de la Pauvreté : ou bien on possède des richesses ou bien on a reçu la médiocrité en partage.

Si on est riche, ne peut-on pas se retrancher le superflu, faire l'aumône avec libéralité, aimer les pauvres et leur société, se rapprocher un peu de leur manière d'être, borner ses désirs autant que cela est possible, sans sortir de sa condition ?

Si on est pauvre, c'est encore plus facile : la vertu de Pauvreté consistera à demeurer ce qu'on est par amour pour DIEU et en union avec JÉSUS pauvre, sans étendre ses désirs au-delà de ce qu'on possède. Et qu'on ne dise pas : beau mérite de ce contenter de peu, quand on a rien !

Les Apôtres n'avaient que ce que possèdent la plupart des familles indigentes : quelques instruments de pêche, quelques meubles, peut-être une pauvre demeure: et cependant ils osent dire au Seigneur : Voici que nous avons tout laissé pour vous suivre, que nous en reviendra-t-il? Et le Fils de DIEU leur répond : je vous le dis en vérité, vous qui avez tout laissé pour me suivre, vous serez assis sur douze trônes pour juger les douze tribus d'Israël.

Les Apôtres avaient tout laissé, ils auraient laissé d'avantage, s'ils avaient été plus riches, leur cœur détaché de tout ne tenait plus qu'à Jésus et à sa volonté.

Vous pouvez parler comme les Apôtres: si votre cœur ne tient pas aux biens de cette vie vous n'avez rien ; c'est Jésus qui veut que vous soyez ainsi : ce sera tout laisser et le suivre que d'accepter la part qu'il vous a faite et de dire : O mon Dieu vous voulez que je n'aie rien, je le veux puisque c'est votre bon plaisir, pourvu que je vous aie, je serai assez riche. — Oh ! qu'il est facile à qui aime le Sauveur de se contenter de lui et de lui dire avec l'Église : pour l'amour de mon Sauveur Jésus que j'ai vu, que j'ai aimé et chéri, je méprise tous les ornements du siècle et je regarde tout comme de la boue pour conquérir et gagner Jésus-Christ [1].

Quand on a compris Dieu et son amour, tout devient vil et fastidieux dans cette

---

[1] *Office des Saintes Femmes.*

vie misérable, et ces soins du corps, ces mille riens dont les hommes charnels se font des nécessités, sont des fardeaux dont on cherche à se délivrer : donnez-moi un cœur épris d'amour, et il saisira ce que nous disons. Quant à celui qui n'aime pas, s'il trouve ces choses dures et pénibles, c'est que DIEU ne lui suffit pas ; il a en lui d'autres affections que celles des choses célestes.

CHAPITRE IV

Avantages de la Pauvreté

En pratiquant la Pauvreté,

1° Vous éviterez bien des vices ; car, plus l'homme se dépouille, moins le démon a de prise sur lui. Pourquoi? Parce qu'il y a moins d'endroits par où l'ennemi puisse l'attaquer. Les athlètes, fait remarquer à ce sujet un docteur, quittent leurs vêtements pour combattre, afin que leur adversaire n'ait pas de prise sur eux.

Les grandes fortunes, dit saint Cyprien, deviennent de grandes tentations et de grands écueils ; et Bossuet assure que tous les mauvais désirs naissent dans un cœur qui croit avoir dans l'argent les moyens de les satisfaire ;

2° Si vous êtes pauvre, la vertu vous sera plus facile : on arrive plus sûrement à la vertu par la Pauvreté que par les richesses, dit saint Jean-Chrysostôme, et N.-S. J.-C. ne semble-t-il pas nous dire que la Pauvreté est un billet d'entrée pour le Ciel, lorsqu'il assure qu'il est plus difficile à un riche d'entrer dans le royaume des cieux, qu'à un chameau de passer par le trou d'une aiguille ? L'attachement aux choses périssables est une chaîne qui retient et appesantit l'âme et l'empêche de prendre son vol vers Dieu ;

3º Dans la Pauvreté, vous jouirez d'une grande paix. Les richesses, dit saint François de Salles, sont de vraies épines, elles piquent de mille peines en les acquérant, de plus de soucis en les conservant, de plus de soins en les dépensant, de plus de chagrin en les perdant

Si, vous abandonnant à la providence de Dieu, vous ne tenez à rien, vous comblez cet Océan de désirs dans lequel se plonge l'homme avide de posséder et de jouir, votre cœur demeure toujours *calme*, est prêt à s'incliner au moindre souffle de l'Esprit-Saint; vous êtes heureux, ayant tout ce que vous désirez, puisque vous bornez vos désirs à ce que vous avez et dédaignez le reste comme superflu; car, dit saint Augustin, celui-là est heureux qui possède tout ce qu'il désire ;

4° Le Ciel *est promis*, il *est dû* à la Pauvreté. Saint Bernard remarque sur ces paroles : Bienheureux sont les pauvres d'esprit, parce que le royaume du Ciel est à eux, que N.-S. ne dit point, comme dans les autres béatitudes, que le royaume du Ciel *sera*, mais qu'il *est* déjà à eux. Il est à eux puisqu'ils l'ont acheté et payé par le renoncement aux choses du monde. N.-S. l'a *promis*, il s'y est *engagé* : soyons donc Pauvres et nous aurons le Ciel en échange ; nous en avons pour garant la parole même de N.-S. J.-C.

CHAPITRE V

Détails de la vie où nous pouvons pratiquer la vertu de pauvreté

Entrons dans les plus petits détails; rien n'est petit de ce qu'on fait pour plaire à Dieu. Afin de mettre plus d'ordre dans ce rapide exposé, nous examinerons successivement comment nous pouvons pratiquer la vertu de Pauvreté dans nos *demeures*, nos *vêtements*, notre *nourriture*, nos *paroles*, nos *désirs*, nos *pensées*.

§ 1. — *Pauvreté dans les demeures*

Voulez-vous pratiquer la Pauvreté dans vos demeures? Faites de temps en temps la revue de votre chambre pour voir s'il n'y a rien de superflu. N'y laissez rien d'inutile. — Enlevez l'objet qui attire le plus votre attention, que vous aimez à contempler; en l'éloignant de votre vue, votre cœur s'en détachera et vous ferez un sacrifice très-agréable à Dieu.

Si votre condition vous oblige à avoir des meubles d'agrément, de parade, soyez très-modéré. — Voyez si vous ne pouvez rien retrancher.

Avez-vous à choisir entre deux chambres : prenez la moins belle, la moins commode, la moins ornée, etc.

Êtes-vous libre, n'avez-vous pas à subir les exigences de la position ni à suivre la volonté de vos parents, ornez votre chambre de ce que vous aurez de plus simple à votre disposition en fait de *lit*, de *chaises*, de *fauteuils*, de *tableaux*, de *statues*.

Les religieux n'ont que le strict nécessaire : une chaise, un lit, une table et leur crucifix ; et au milieu de cette simplicité, leur cœur surabonde de joie. Recherchons nous-mêmes la simplicité de l'ameublement. Évitons surtout ce qui sent trop le confortable, la recherche du bien-être. Sachons nous passer de bien des choses.

Saint François de Sales était un modèle sous ce rapport, et son exemple nous montre comment il est possible à une personne même de haut rang de pratiquer la pauvreté. Il logeait à Annecy, dans une fort belle et ample maison qu'il tenait à loyer. Son appartement épiscopal étaittrès-beau, et il s'avisa d'habiter une petite chambre obscure et peu agréable. Il appelait cette chambre la chambre de François, et celle où il recevait les visiteurs, la chambre de l'Évêque.

Si nous avons la santé, couchons sur une *paillasse*, à l'exemple des Religieux et des pauvres. Que notre literie respire une modeste simplicité.

Soyez réservé pour la quantité et la qualité des objets de piété, leur recherche occupe le cœur et distrait l'esprit. Sous prétexte de dévotion, n'ayez point de statue de tout genre, de crucifix et d'images de tout pélerinage.

En hiver, faites plus petit feu pour ressembler aux pauvres.

Chez vous, comme en visite, prenez pour vous le siége le moins convenable, le moins commode.

En voyage, par esprit de pauvreté, on

se met dans les wagons de troisième classe.

N'ayez point de chien de fantaisie, donnez aux pauvres la nourriture qu'il dépense et à Dieu l'affection qu'il occupe dans votre cœur.

Que tout ce qui est à votre usage soit d'une grande simplicité.

N'écoutez point les spécieux prétextes de convenance, de condition que peut vous suggérer le démon. Saint François de Sales était gentilhomme et Évêque, et cependant tout autour de lui respirait une grande simplicité.

Si votre position dans le monde vous oblige à vous servir de couverts d'argent, faites-le; mais lorsque vous serez seul, vous serez bien heureux si, par amour pour la Pauvreté, vous usez de couverts d'un métal plus commun.

En finissant, je dirai avec un pieux auteur, que les Anges aiment à trouver trois choses dans une habitation, la *Pauvreté*, la *propreté*, le *recueillement*. — *Observez cela et vous trouverez chez*

*vous le bonheur que vous cherchez en vain
ailleurs.*

§ 2. — *Pauvreté dans les vêtements.*

Vous pratiquerez l'esprit de pauvreté
dans les vêtements en choisissant ce qu'il
y a de plus simple, autant que votre
condition vous le permettra.

Vous n'aurez que le nécessaire et vous
ne chercherez point à avoir des vêtements
de toute couleur, de tout goût, de toute
saison.

Vous ne craindrez pas trop d'avoir des
vêtements rapiécés. Et si vos relations
avec la société ne vous le permettent pas
convenablement, imitez le trait suivant :

Une dame de haute condition et Ter-
tiaire, obligée de satisfaire aux exigences
de sa position, trouve néanmoins le
moyen de pratiquer la Pauvreté dans ses
vêtements de dessous, en les portant
toujours rapiécés. C'était la pratique de
saint François de Sales. — C'est une
petite marque de pauvreté que personne
ne voit, dont nous supportons seuls les

inconvénients et qui entretient merveilleusement en nous l'esprit de pauvreté.

Vous ne ressemblez pas à JÉSUS-CHRIST et à saint François d'Assise, si au lieu de vivre dans les privations, vous voulez avoir tout à souhait; si vous flattez votre chair au lieu de la crucifier. — « L'état du pauvre, dit la Bienheureuse Marguerite-Marie Alacoque, est de manquer des commodités de la vie, et ceux qui volontairement choisissent la Pauvreté par amour pour JÉSUS-CHRIST doivent aimer à éprouver les inconvénients de la Pauvreté. »

Avez-vous un besoin réel d'un objet, attendez un jour ou deux pour vous le procurer, vous aurez deux jours de mérites de plus.

Que l'étoffe et même les boutons, les agrafes soient simples et ne soient pas dans le goût de la nouveauté. — Ne recherchons pas une coupe trop élégante ou nouvelle : les pauvres ne s'inquiètent pas des nouvelles modes.

Si vous voyez auprès de vous une personne élégamment et richement habillée, ne la blâmez pas, mais dites à DIEU intérieurement que vous êtes content des vêtements que vous avez et que vous le remercieriez même si vous étiez couvert de haillons.

Voulez-vous apprendre les douceurs de la Pauvreté? baisez avec respect, avec amour votre habit *usé, rapé, rapiécé*, en protestant à DIEU que vous êtes heureux de ressembler aux pauvres.

Il en est qui usent de liens pour jarretière et non de caoutchouc, de bas de laine au lieu de soie. Voilà une pratique facile, ne pouvez-vous en faire autant?

Si quelque lien se casse, par esprit de pauvreté faites un nœud.

Notre-Seigneur n'avait que de simples sandales, les pauvres n'ont que de grossières chaussures : évitons les chaussures de luxe, trop élégantes, distinguées. Ne disons pas celles-ci sont trop pesantes pour l'été, celles-là ne sont pas assez chaudes pour l'hiver. Hélas!... encore ici tâchons de nous rapprocher du pauvre.

3

N'ayons même pas honte de porter des souliers rapiécés, ne mettons pas de souliers vernis.

Ne point user de savon de prix, de savon à parfum recherché pour se laver les mains, d'eau de toilette; etc., c'est agir en pauvre. — Que le prix en soit employé au soulagement des malheureux.

C'est être comme les pauvres de ne porter ni cache-nez, ni foulard, ni gants, ni chaussure fourrée. Si on doit en avoir, laissons à la simplicité, le goût du choix.

Avez-vous fait un accroc à votre vêtement, supportez-le avec *patience* jusqu'à ce qu'une main habile l'ait fait disparaître.

N'achetez rien avant de vous demander : avec le même besoin que j'ai de cet objet, un pauvre l'achèterait-il?

On voit des Religieux prendre à leur usage ce que d'autres ont déjà mis au rebut. Dans votre famille ne pouvez-vous pas les imiter en quelque chose?... examinez....

On lit dans la *Vie des Saints*, de saint

François en particulier, qu'ils n'avaient qu'une tunique. Pour nous, imitons-les de loin. Évitons la trop grande finesse dans le linge et n'en ayons que le nécessaire. Réservons-nous quelque linge un peu plus grossier dont nous nous servirons en secret.

Que l'étoffe suffise pour garantir des intempéries de l'air et des rigueurs de la saison : c'est là toute la fin de l'habit.

Si l'on me fait présent d'habits de prix, dit S. Augustin, je les vends et en distribue la valeur aux pauvres ; désire-t-on que je porte ceux qu'on m'offre, qu'on m'en offre que je puisse porter sans rougir.

Prenons la ferme et sincère résolution de pratiquer la vertu de Pauvreté dans nos habits, et nous combattrons ainsi ce mouvement de *vanité* qui se glisse toujours dans nos cœurs quand nous sommes bien habillés.

La *Pauvreté est sœur de l'Humilité.*

§ 3. — *Pauvreté dans la nourriture.*

S. François d'Assise faisait ses délices

de manger le pain de l'aumône et de boire l'eau pure de la source [1].

Dans le monde, par esprit de pauvreté, contentons-nous d'une nourriture *simple* et commune comme celle des ouvriers.

En buvant de l'eau rappelons-nous que c'est la boisson ordinaire du pauvre et cette pensée ravivra notre foi.

Vous ne rechercherez pas des mets rares ou délicats : les pauvres n'en ont pas de semblables.

Les mets sont-ils mal assaisonnés? le pauvre volontaire s'en réjouit et se dit que telle et moins bonne encore est la nourriture du pauvre.

Pas de table luxueusement servie; pas de plats coûteux; ne mettons point notre gloire à offrir des vins fins; c'est de l'argent mal placé; soyons simples et pauvres autant que possible.

A table, celui qui veut pratiquer la Pauvreté se fait un bonheur d'avoir pour lui le couteau, la fourchette, l'assiette qui

[1] Chalippe, p. 109.

ont un défaut : on a coutume de donner à manger au pauvre dans l'assiette qui est au rebut....

Êtes-vous en communauté ou dans votre famille ? Suivez le régime ordinaire ; ne réclamez pas les attentions fines ; supportez avec patience la privation de certains adoucissements ; ne montrez pas de délicatesse, d'exigences ; ne murmurez jamais.

Pourvu, dit saint Paul, que nous ayons les aliments et les vêtements nécessaires, nous devons être contents. (*Phil.*, IV.)

Combien de pauvres n'ont pas ce que vous avez, et vous osez vous plaindre sans rougir.

Ne laissez rien perdre, rien gâter de ce qui vous est servi : DIEU vous en donne l'usage, vous ne devez pas en abuser, et cela, par respect pour ces paroles de Notre-Seigneur : Ramassez les morceaux afin qu'ils ne se perdent pas. (S. JEAN, VI.)

N'allez pas croire cependant que l'esprit de pauvreté soit la même chose que l'économie. Non, car l'économie a pour but de cumuler, tandis que la vertu de pauvreté consiste à user des choses comme ne nous appartenant pas, avec modération et pour l'amour de JÉSUS pauvre.

§. 4. — *Pauvreté dans les désirs.*

Les désirs des choses terrestres sont la glu des ailes spirituelles. — donc, si nous voulons nous élever à DIEU, ne laissons point notre cœur collé à la terre.

Le pauvre volontaire n'a pas envie de tout ce qu'il voit, il sait borner ses désirs et se contenter de peu .J'ai peu de désirs, disait saint François de Sales, mais si j'avais à renaître je n'en aurais point du tout.

Ne désirez pas que **tout ce qui est à votre usage** soit bien **régulier** bien **compassé** : sous prétexte de propreté de **commodité**, de **convenance**, soyez sûr qu'il y a en cela grande recherche de vous-même et que vous n'êtes pas assez détaché de ces mille petits riens.

Aussitôt qu'un objet commence à s'altérer ou que l'usage en devient un peu incommode, on le met au rebut, on en désire un autre... Et la Pauvreté!! elle gêne... On n'en veut pas, on la met de côté. Ne vous reconnaissez-vous pas ici?

Vous éviterez, pour être pauvre d'esprit, de faire des emplettes sous l'inspiration de désirs de vanité, d'amour de vos aises. Si ces dépenses sont utiles, ajournez-les pour purifier le motif, mortifiez votre empressement.

Ne jetez pas un regard de convoitise sur tout ce que vous voyez.

Soyez même pauvre de nouvelles, ne désirez pas savoir ce qui ne vous est pas utile.

Le pauvre ne désire pas un livre lors même qu'il contient de belles prières etc., il ne désire pas tel et tel objet sous pretexte de dévotion : il vit de privations. (Des personnes pieuses se font à ce sujet bien des illusions.)...

Celui qui a l'esprit de Pauvreté ne désire pas sortir de sa condition, avoir un emploi plus élevé.

Ne désirez pas avoir plus de fortune, si vous avez peu, donnez peu, vous souvenant que le denier de la veuve est plus estimé que la pièce d'or du riche.

Êtes-vous pauvre, dans l'indigence? soyez content, remerciez DIEU qui vous a donné ce qu'il est venu chercher Lui-même sur la terre. OUI, remerciez DIEU, vous avez ce que tous les Saints ont désiré, le trésor qui seul achète le Ciel.

Ne désirez pas même avoir un grand nombre d'amis, de protecteurs, DIEU seul ne vous suffit-il pas?

Le pauvre ne désire pas avec inquiétude ses commodités.

Il résiste au désir d'orner ses appartements, de s'entourer des choses que s'accordent les personnes riches.

Il ne cherche pas de prétexte pour obtenir une dispense, il n'invente pas mille nouveaux besoins.

C'est être bien riche que d'être content de sa pauvreté : car ne rien désirer, c'est avoir tout ce que l'on désire.

§ 5. — *Pauvreté dans les paroles.*

Le pauvre volontaire ne se plaint pas

dès qu'une chose lui manque, lui est re-
fusée ou enlevée.

Il ne fait pas entendre de plaintes si la
nourriture est mal apprêtée ou peu abon-
dante, si son habit est usé ou déchiré, si
sa chambre est obscure ou incommode.
Les pauvres n'ont pas tout à souhait. Ils
sont réduits à une gêne de tout instant :
le pauvre volontaire est heureux de leur
ressembler au moins en quelques circons-
tances.

Voulez-vous pratiquer la pauvreté? ne
vous entretenez pas inutilement de richesse, de luxe, de toilette, etc... De telle
conversations ne dénotent que trop souvent les dispositions du cœur et créent en
nous la soif de l'or.

Parlez avec *respect* du pauvre, de l'ou-
vrier, du domestique. Il y aurait beaucoup à dire sur ce sujet !!!

Ne dites pas un tel est bienheureux; il
est riche, il a tout ce qu'il lui faut: prenez garde le Sauveur a dit : *Bienheureux
les pauvres.*

Saint François de Sales dit un jour

« qu'il n'avait jamais eu de carosse à lui,
« ni le moyen d'en avoir, et il ajouta : je
« ne me plains point de ma pauvreté
« puisque j'ai suffisamment pour vivre
« honnêtement et sans superfluité; et
« quand j'en sentirais les incommodités,
« j'aurais tort de me plaindre d'une chose
« que JÉSUS-CHRIST a choisie pour son par-
« tage durant tout le cours de sa vie mor-
« telle, vivant et mourant entre les bras
« de la pauvreté. »

§ 6. — *Pauvreté dans nos actions.*

Vous acquerrez l'esprit de pauvreté si
vous avez soin chaque jour d'en pratiquer
quelques actes, ainsi ne retenez pas à
votre usage des objets superflus ou re-
cherchés.

Ne faites pas et n'occasionnez pas de
dépenses inutiles.

Acceptez volontiers et demandez même
les emplois les plus vils, ceux qui met-
tent en rapport avec les pauvres. — C'est
dans cet esprit de pauvreté qu'une mal
tresse de maison fait sa chambre, prépare

son linge, nétoie ses vêtements, lors même qu'elle a quelqu'un pour le faire, se rappelant que les pauvres font leur ouvrage eux-mêmes.

Partagez votre pain avec le pauvre; ne refusez jamais l'aumône, si vous le pouvez, et faites le toujours de grand cœur. DIEU *aime celui qui donne joyeusement.* (IIe Cor., IX.)

Ayez un grand soin de tout ce qui est à votre usage, de ce qui vous est confié et n'oubliez *jamais* que DIEU en est le premier maître.

Enfin ne perdez pas votre temps, occupez-vous toujours; dans le monde que d'hommes, de jeunes gens qui se meurent vraiment d'ennui, que de femmes qui languissent parce qu'elles ne savent que faire de leurs dix doigts!.

Aimez à rendre service au pauvre.

§ 7. — *Pauvreté d'esprit.*

Toutes les pratiques que nous venons d'indiquer sont bonnes; elles ne sont cependant pas la *fin* mais seulement les *moyens* pour arriver à la PAUVRETÉ D'ES-PRIT, car c'est aux *pauvres d'esprit seulement* que Notre-Seigneur dit : *le royaume du Ciel est à eux.*

Suivant le conseil de l'Apôtre : « Que ceux qui usent de ce monde soient comme n'en usant pas. » (I. Cor., VII, 31.) N'attachez votre cœur à rien de ce qui est sur la terre : rappelez-vous souvent votre destinée... tout cela n'est pas *digne* de vous.

Ne regrettez jamais ce que vous avez sacrifié, ne vous accusez pas d'avoir été trop généreux envers les pauvres.

Vous ne vous attacherez pas aux choses qui sont à votre usage, le pauvre d'esprit s'en défait et les prête avec plaisir.

Ne vous attachez ni à un livre, ni à une image, etc.

Vous ne devez pas tenir à la réputation, à l'estime, et si vous saisissez ma pensée, vous devez voir que la Pauvreté est sœur de l'Humilité, que ces deux vertus s'en-tr'aident entre elles merveilleusement.

Ne soyez pas sensible aux moindres

privations, et si vous êtes pauvre supportez non-seulement avec patience, mais encore avec amour votre condition; car, sachez-le bien, la Pauvreté n'est pas une vertu, mais bien l'amour de la Pauvreté.

Mettez votre confiance en la Providence et ne vous inquiétez pas de l'avenir.

Lorsqu'on vous fait un don, élevez votre cœur plus haut, acceptez-le comme une aumône.

Si le nécessaire vient à vous manquer, soyez résigné, réjouissez-vous même, et le dirai-je? soyez disposé à mendier de porte en porte si la volonté de Dieu le dispose ainsi.

« Celui qui se sert de plats d'argent et en fait aussi peu de cas que s'ils étaient de terre, est vraiment pauvre d'esprit. » (S. FRANÇOIS DE SALES.)

Notre-Seigneur ne regarde pas si nos mains sont pleines, mais si le cœur est vide. Vous ne tiendrez donc à *rien* et vous ne vous attacherez à *rien*. Faites à JÉSUS-CHRIST, une fois pour toutes, le sacrifice solennel mais intérieur de votre fortune, de votre position dans le monde, et ne vous regardez plus que comme l'administrateur désintéressé de votre bien, et étendez cette disposition jusqu'aux détails.

Voici, à ce sujet, une pratique que je ne saurais trop conseiller. En l'adoptant, vous entrerez parfaitement dans l'esprit de pauvreté. CONSTITUEZ (*en esprit*), PROPRIÉTAIRE DE TOUT CE QUE VOUS POSSÉDEZ UN SAINT QUELCONQUE, votre Patron, par exemple; dès lors, ne vous regardez plus que comme son gérant, et n'usez de chaque chose que selon son esprit, c'est-à-dire, comme il en aurait usé lui-même, comme il désire que vous en usiez, c'est-à-dire pour votre sanctification.

AUTRE PETITE PRATIQUE. — Pour honorer **Saint JOSEPH** qui a été le pourvoyeur de la Sainte Famille de Nazareth, acceptez tout ce que l'on vous donne comme vous venant de la main de saint Joseph lui même, et remerciez-le, sinon par une visite au moins par une aspiration de cœur; de même, quand vous donnerez quelque chose, vous le ferez au nom de saint Joseph.

Voyez comme l'amour est ingénieux!!! fidèles serviteurs de saint Joseph, cette fleur n'est-elle pas de votre goût?

CONCLUSION

VOILA, âmes pieuses, la Pauvreté que doit aimer toute âme qui tend à la perfection et sans laquelle on fera d'inutiles efforts ; voilà la Pauvreté que conseille la Règle du Tiers-Ordre Franciscain.

Le cœur seul qui est dégagé de toute affection terrestre, s'envole plus léger dans le sein de DIEU et s'y repose sans trouble. Avouons-le si nous languissons dans le chemin de la perfection et si nos progrès sont lents, n'est-ce point parce que nous conservons dans notre cœur quelqu'attachement à la créature, à la terre. L'âme, dit saint Jean de la Croix, attachée avec affection à un objet quelque petit qu'il soit, quand même elle aurait d'ailleurs plusieurs vertus, n'arrivera jamais à l'union parfaite avec DIEU, car il importe peu que l'oiseau soit lié par un fil fort ou faible, puisque quelque faible qu'il soit, l'oiseau sera toujours lié tant qu'il ne le rompra point et ne pourra jamais s'envoler.

Mettez-vous donc à l'œuvre, détachez votre cœur et vous prendrez votre libre essor vers Dieu. Il est facile, très-facile d'être pauvre même dans le monde. Commencez d'abord par régler vos *paroles*, puis vos *désirs* et vous goûterez bientôt tant de consolation, de soulagement que vous voudrez vous dépouiller d'avantage.

Pour arriver à ce détachement.

1º Honorez la sainte Pauvreté de Notre-Seigneur dans celle des pauvres que vous aimerez et que vous soignerez.

2º Ayez une dévotion particulière à la vie de Jésus naissant dans l'étable et mourant sur la croix.

3º Demandez tous les jours à Dieu par une prière fervente, l'esprit de détachement, de pauvreté, et pour vous *rappeler* les mille occasions que vous avez chaque jour de pratiquer cette vertu, vous lirez ce petit opuscule de temps en temps;

4

ce sera votre lecture spirituelle pendant la retraite et le sujet de *votre examen particulier.*

APPENDICE

—

AUX AMES GÉNÉREUSES

———

Pour satisfaire aux demandes qui nous ont été faites d'indiquer comment on peut faire le *Vœu de Pauvreté* dans le monde, nous donnons ici quelques idées sur lesquelles on pourra se guider.

1º Une personne du monde peut faire le vœu de ne porter ni soie, ni dentelle, ni chaîne d'or ou d'argent.

2º Elle peut faire vœu de ne porter que des vêtements de couleur sombre, comme en portent les pauvres ou les veufs. — De ne pas dépasser *tel* prix. — de n'en avoir que telle quantité.

3º On peut faire le vœu de ne jamais dépenser au delà de 3 francs, 10 francs, 20 francs, ou 100 francs, selon sa condition, sans en demander la permission à son Directeur.

NOTA. — Quand on fait vœu de pauvreté dans le monde, il est bien important *d'en déterminer* d'une manière positive la matière, autrement il serait illusoire, impossible.

Dans le monde, l'étendue du vœu et la gravité dépendent de la volonté de celui qui le fait. — Mais hâtons-nous de le dire : on doit porter bien au-delà du vœu la vertu de pauvreté. Il serait ridicule de vouer la *Pauvreté* sur un objet et de s'en tenir là sans avoir l'esprit de pauvreté dans quelques autres détails.

DEGRÉS DE LA PAUVRETÉ

D'APRÈS SAINT BONAVENTURE

—

I. — C'est un haut degré de la Pauvreté, qui est une des huit béatitudes, d'abandonner les biens de la terre. C'en est un plus élevé de renoncer aux amis selon le monde et aux amis selon l'esprit. C'en est un très-élevé de se renoncer soi-même, c'est-à-dire, son jugement propre, son amour-propre, sa volonté propre. JÉSUS-CHRIST a passé par tous ces degrés, car il s'est renoncé lui-même : il a abandonné les siens et tout ce qu'il possédait.

✝

II. — C'est encore un haut degré de la Pauvreté de ne pas travailler pour des choses passagères et de ne pas s'en inquiéter. C'en est un plus élevé de ne point le désirer; et c'en est un très-élevé de les repousser lorsqu'elles nous sont offertes. C'est dans le second degré qu'était l'Apôtre lorsqu'il disait : « Je n'ai désiré ni l'or, ni l'argent, ni le vêtement d'aucun de vous [1]. » Et dans le dernier que se trouvait le prophète Daniel, lorsqu'il méprisa les présents de Balthazar [2], parce que l'Écriture reprend celui qui donne et celui qui reçoit des présents.

✝

III. — C'est encore un degré élevé de la Pauvreté de ne vouloir point avoir de demeure assurée, à l'exemple de JÉSUS-CHRIST, qui ne trouva point de place dans une hôtellerie [3]. C'en est un plus élevé de ne point vouloir s'assurer de la nourriture, ni du vêtement au temps de la santé. Mais c'en est un très-élevé de vouloir de

[1] Act., 20.
[2] Dan., 5.
[3] Luc., 2.

meurer dans la même incertitude au temps de l'nfirmité. C'est dans ce dernier degré que fut JÉSUS-CHRIST; car il n'eut pas où reposer sa tête; il manqua d'un verre d'eau et d'un vêtement, et il fut étendu nu sur la croix.

†

IV. — Celui-là est encore dans un grand degré de cette vertu, qui la choisit afin d'échapper aux sollicitudes de la vie. Dans un plus haut degré celui qui en fait son partage pour s'enrichir de vertus et de dons spirituels. Et dans un très-haut, celui qui agit de même, afin qu'au jour où il paraîtra devant JÉSUS-CHRIST pour être jugé, DIEU soit glorifié en lui.

†

V. — Enfin, celui-là est dans un degré élevé de Pauvreté qui n'a rien de propre en particulier, comme beaucoup de Religieux; dans un plus haut degré celui qui n'a rien de propre en commun pour une année entière ou pour un temps plus long, comme un petit nombre de Religieux; et dans un très-haut degré celui qui n'a rien de propre en communauté, ni pour une semaine, ni pour un jour, comme les Frères Mineurs.

PENSÉES

OFFERTES AUX RICHES ET AUX PAUVRES

———

EN soi la Pauvreté n'a rien de louable ; ce que je loue, c'est la Pauvreté acceptée, recherchée, voulue, désirée pour l'amour de JÉSUS crucifié. (SAINT PIERRE D'ALCANTARA, *Lettre à sainte Thérèse.*)

✝

« Les biens extérieurs viennent de DIEU, employés avec sagesse ils affermissent la famille et l'État, cimentent la prospérité et la force des empires. Chez les peuples chrétiens, les richesses sont chrétiennes ; la Croix, en les marquant du sceau de la Charité, leur a imprimé le plus sublime des caractères. La richesse, en soi, est donc un bien ; mais par l'abus, ce bien peut devenir la source d'un déluge de maux, et de l'usage à l'abus il n'y a qu'un pas. » (*Vie de S. Pierre d'Alcantara.*)

✝

« Le sentiment de l'avarice a été donné à l'homme pour le rendre désireux d'un grand mérite devant DIEU, désireux de grandes vertus et d'une multitude de bonnes œuvres... mais ce sentiment est descendu jusqu'au désir des choses temporelles, au désir de l'argent, des biens et autres objets quelconques, comme si l'homme devait toujours vivre. » (SAINT BONAVENTURE.)

✝

« Le riche n'est en sûreté avec personne ni avec les étrangers, ni avec ses proches. » (SAINT BONAVENTURE.)

✝

« On met longtemps à amasser les richesses et on les perd en un instant. En se multipliant, elles ne diminuent pas la soif de l'homme elles l'augmentent au contraire, comme fait l'eau épuisée par l'hydropique. » (Saint Bonaventure.)

†

« Les richesses sont une peine avant de les avoir, leur possession en est une encore, et leur perte également. » (Saint Bonaventure.)

†

« Ne désirez pas avoir du bien par la violence; et si vous avez beaucoup de richesses gardez-vous d'y attacher votre cœur. » (Ps. 62.)

†

« Ne vous inquiétez point en disant : que mangerons-nous, que boirons-nous, ou de quoi nous vêtirons-nous? Ce sont les païens qui recherchent toutes ces choses; mais votre Père céleste sait que vous en avez besoin. » (MATTH., VI.)

✝

« Cherchez premièrement le royaume de DIEU et sa justice et toutes ces choses vous seront données comme par surcroît. » (MATTH., VI.)

✝

En rejetant l'avarice loin de soi à cause de DIEU, il faut attendre de DIEU une de ces trois choses : ou bien il procurera à l'homme ce dont il a besoin, ou il lui donnera au milieu de la gêne et des privations autant de force qu'il en aurait trouvé dans l'abondance, et c'est pour l'homme une source d'allégresse plus vive; ou enfin ce qu'il retranche au corps il le fera trouver à l'âme dans les consolations dont il la comblera.

✝

Nous devons user avec modération des choses de ce monde, les posséder et les désirer de même.

✝

Tous les biens terrestres nous sont étrangers; ils n'ont rien de commun avec notre nature. Ils ne sauraient demeurer longtemps avec nous et semblent nous être seulement prêtés.

✝

Si nous avons à souffrir en notre cœur du manque de quelque chose, mettons DIEU à la place : Il remplit tout.

✝

L'amour des richesses nous éloigne de l'amour de DIEU et du désir de la céleste patrie, selon cette parole : « *Personne ne*

peut servir deux maîtres, DIEU *et l'argent.* »
(MATTH., VI.)

†

Les richesses sont tirées des profondeurs de la terre, et par leur poids elles nous entraînent vers ce qu'il y a de plus bas sur cette terre.

†

Ceux qui veulent devenir riches tombent dans la tentation et dans le piége du démon, et en divers désirs inutiles et pernicieux qui précipitent les hommes dans la mort et la perdition. » (I. Timoth., VI.)

†

Il y a souvent plus de mérite à supporter une perte qu'à distribuer son bien aux pauvres, parce que la volonté propre n'y a point part.

✝

Un homme chargé d'un lourd fardeau ne saurait courir bien vite. Ainsi les richesses retardent nos progrès dans la vertu.

✝

« Chercher les richesses pour en faire un usage pervers, pour les consacrer aux vanités, aux plaisirs sensuels, c'est une impiété. Les poursuivre avec ardeur pour les garder accumulées en sa maison, c'est une folie. (SAINT BONAVENTURE.)

✝

L'homme se sépare d'autant plus du divin amour qu'il cherche davantage son bonheur ici-bas. Au contraire, plus il méprise les objets, les objets terrestres, plus il s'approche de DIEU.

(Tirées de S. BONAVENTURE.)

TOUT POUR JÉSUS

Toutes mes actions se feront en Jésus,
Si je veille, mes yeux ne verront que Jésus,
En songe, je n'aurai d'autre objet que Jésus,
[Jésus
Mon livre et mon docteur, je les trouve en
[Jésus
Quand j'écrirai, ma main pour guide aura
Et Jésus écrira le beau nom de Jésus.
Soit que je marche ou non, je suis avec Jésus.
Quand je voudrai prier, ce sera par Jésus.
Tous mes délassements ne seront qu'en Jésus.
Dans la faim, dans la soif, je vivrai de Jésus.
Dans mes maux je prendrai pour modèle Jésus
Le remède sera l'amour de mon Jésus.
Lorsque j'expirerai, je mourrai dans Jésus.
Mon dernier mot sera le doux nom de Jésus.
Pour me fermer les yeux, je ne veux que Jésus.
[Jésus,
Je n'attends pour tombeau que le Cœur de
L'épitaphe sera : Je repose en Jésus.

Typ. L. Coderc.

IMPRIMERIE L. CODERC

LIBRAIRIE CATHOLIQUE
Rue du Pas-Saint-Georges, 28

PETITE BIBLIOTHÈQUE FRANCISCAINE

L'Humilité pratiquée dans tous les détails de la vie, par le P. SIMON, DE BUSSIÈRES, *Franciscain de l'Observance*. (In-32.) — L'unité, 15 c.; la douzaine, 1 fr. 50. — *Franco :* l'unité, 20 c.; la douzaine, 2 fr.

La Présence de DIEU pratiquée dans tous les détails de la vie, ou *Méthode courte, simple et facile pour conduire les âmes à la* Vie intérieure, par le P. SIMON, DE BUSSIÈRES, *Franciscain de l'Observance*. (In-32.) — L'unité, 15 c.; la douzaine, 1 fr. 50 — *Franco :* l'unité, 20 c.; la douzaine, 2 fr.

La Pauvreté pratiquée dans tous les détails de la vie. (In-32.) — *Opuscule dédié aux Riches et aux Pauvres du XIXᵉ siècle*, par le P. SIMON, DE BUSSIÈRES, *Franciscain de l'Observance*. — L'unité, 15 c ; la douzaine, 1 fr. 50. — *Franco :* 20 c.; la douzaine, 2 fr.

Ces ouvrages se trouvent également chez M. *BRION*, Gérant de la *Revue Franciscaine*, rue SAINT-FRANÇOIS, 41, à Bordeaux.

On trouve à la même Librairie :

LES PUBLICATIONS DU R. P. CROS,
DE LA COMPAGNIE DE JÉSUS.

www.ingramcontent.com/pod-product-compliance
Lightning Source LLC
Chambersburg PA
CBHW060811180626
46818CB00002B/789